Gudrun Heller

Abgefahren

Zehn Geschichten aus dem Zug

Herstellung und Verlag:
BoD – Books on Demand, Norderstedt
ISBN 9783756227983

Inhaltsverzeichnis

Verschwendete Zeit

7:00 Uhr. Lena drehte sich noch einmal genüsslich um. Schon ein paar Mal hatte ihre Mutter versucht, sie aus dem Bett zu holen, vergebens.
„Lena, Dein Zug fährt in 12 Minuten und Du bist noch nicht einmal aufgestanden!", hörte sie wieder die Stimme ihrer Mutter, die nun schrill rasselte wie eine Alarmglocke. Sie wusste, würde sie jetzt nicht aufstehen, würden vier Dinge passieren: Ihr Mutter würde nach oben rasen, ihr die Decke wegziehen und bei weiterem Widerstand eine Handy-Sperre für mindestens einen Tag erteilen.
Und außerdem würde sie ihren Zug verpassen. Mühsam rappelte sie sich auf.
„Ich komm´ ja schon!", rief sie die Treppe in Richtung Küche herunter.
„*Schon* ist gut!", hallte es von unten zurück. „Jeden Morgen das gleiche Theater…"
Lena schloss ihre Zimmertür. Auf die Schimpftirade ihrer Mutter konnte sie gut verzichten. Schnell warf sie sich ein paar Klamotten über, erledigte das Nötigste im Bad, zog Schuhe und Jacke an und warf sich ihre Schultonne auf den Rücken.
„Aber Du hast doch noch gar nichts gefrühstückt!", rief ihr die Mutter im vorwurfsvollen Ton hinterher, als sie bereits den Türgriff in der Hand hatte.
„Keine Zeit!", sagte sie nur kurz angebunden und schon war sie aus dem Haus.

Es war furchtbar, von den Erwachsenen so verplant zu werden. Um so und so viel Uhr aufstehen, frühstücken, Schule, Mittagessen, Hausarbeiten, Vokabeln lernen oder für eine Klassenarbeit üben, zu irgendwelchen Freizeitaktivitäten gehen.
Zugegeben, die hatte sie sich selbst ausgesucht. Aber warum musste man sie jede Woche einmal zur gleichen Zeit ausüben? Viel lieber würde sie dort hingehen, wenn sie gerade Lust dazu hatte. Und das wäre sicherlich nicht immer am gleichen Wochentag zur gleichen Zeit.
Überhaupt Zeit. Ihr kam es so vor, als bliebe ihr immer weniger davon zur freien Verfügung. Dabei brauchte sie sie dringend für sich. Es gab so viel, über das sie nachdenken musste. Was sie wollte, wohin ihr Weg führen sollte. Oder einfach nur so zum Verträumen. Und zum Nachdenken über all die Sachen, die passiert waren. Oder nur so zum Spaß haben.
Ihre Eltern würden sagen: Verschwendete Zeit. Aber eine Verschwendung von Zeit sah sie eher in der Art von Leben, das ihre Eltern führten. Morgens aufstehen, frühstücken, zur Arbeit gehen, Mittagessen, Haushalt erledigen, irgendwelche Termine wahrnehmen und sich abends erschöpft vom Fernsehen berieseln lassen. Treffen mit Freunden nur nach langer vorheriger Absprache, da der Terminkalender ja so voll war. Samstags

einkaufen, nochmals Haushalt und Gartenarbeiten. Und am Sonntagnachmittag dann ein vorher sorgfältig ausgesuchter Ausflug, möglichst mit der ganzen Familie. Leider. Denn dazu gehörte sie ja nun mal auch.

Beim Gedanken daran spürte sie Wut in sich aufsteigen. Ihre Eltern schienen alle ihre Kraft darauf zu verwenden, sie in ein ähnliches Leben zu zwingen, wie sie es führten.

Aber irgendetwas in ihr schrie nein. Es musste noch einen anderen Weg geben.

Sie würde in ihrem Leben in einen anderen Zug steigen, der sie zu anderen Ufern mitnehmen würde, davon war sie fest überzeugt.

Sie konnte ihn schon förmlich aus der Ferne auf sie zurasen hören…

Mist, das *war* ihr Zug!

Es war 7:11Uhr!

Lena nahm die Beine in die Hand und in letzter Sekunde schwang sie sich in einen der Waggons.

Lebe Deinen Traum

6:48 Uhr, Bahnhof Löttringhausen, Dortmund. Noch war die Sonne nicht aufgegangen. Halb verschlafen stand Harald mit gut einem Dutzend anderer Leute auf dem Bahnsteig, als der Zug einfuhr.

Seit 20 Jahren ging das nun schon so. Er arbeitete in einem Büro in Hagen, fing jeden Tag möglichst früh an, um spätestens um 17 Uhr wieder zu Hause sein zu können und für sich noch ein bisschen vom Tag zu retten. Er war 50 Jahre alt, Industriekaufmann, verheiratet, zwei Kinder.

Als der Zug am Bahnhof hielt, stieg er zusammen mit allen anderen ein und ließ sich auf seinen Stammplatz direkt vor einer der Türen fallen. Vor ihm ragte die Plexiglasscheibe in die Höhe, die den Türbereich von den Sitzen trennte. Dieser Platz hatte den unschätzbaren Vorteil, dass es niemals zog, auch wenn wieder einer der Mitreisenden meinte, der Hochsommer sei ausgebrochen und man müsse alle Fenster öffnen.

Wie immer ließ er seinen Blick aus dem Fenster wandern. Als der Zug sich dem nächsten Tunneleingang näherte, sah er, dass etwas in lila Farbe darauf geschrieben stand:

Lebe Deinen Traum und träume nicht Dein Leben!

Harald lachte kurz auf. Das sollte wohl ein Witz sein. Oder derjenige, der das geschrieben hatte, hatte keine Ahnung vom Leben.

Sicher, auch er hatte früher Träume gehabt. Er wollte zum Beispiel immer Auslandskorrespondent werden, aus fernen Ländern berichten, das hatte er sich toll vorgestellt. Nur leider konnte er schlecht schreiben, kassierte in Deutsch meistens schlechte Noten. Da er nie durch irgendwelche anderen Talente aufgefallen war, machte er das, was in seiner Familie alle gemacht hatten – er ergriff einen kaufmännischen Beruf.

Und so schlecht war das ja auch gar nicht. Der Job konnte ihn zwar nicht begeistern, aber er verdiente vernünftiges Geld damit. Genug jedenfalls, um sich und seine Familie einigermaßen gut über die Runden zu bringen.

Familie.

Das war auch so ein Thema. Hätte ihm damals als 16jähriger irgendjemand erzählt, er wäre in gut 30 Jahren verheiratet und Vater zweier Kinder, hätte er ihn ausgelacht. Er hatte ungebunden und frei leben wollen – es sei denn, ja, es sei denn, die große Liebe würde ihm über den Weg laufen.

Das war sie dann ja auch.

Als er an Anne dachte, schlich sich ein leichtes Lächeln in sein Gesicht. Er erinnerte sich an ihre Sommersprossen im Gesicht, ihre langen braunen Haare und den schelmischen Blick ihrer dunkelbraunen Augen. Und daran, wie er ihr hinterher gelaufen war und sie ihn hatte abblitzen lassen. Das Lächeln verschwand aus seinem Gesicht. So viel zum Thema große Liebe.

Dann war er Katrin begegnet. Sie fanden sich ganz nett und verstanden sich einigermaßen. Am Anfang war er sogar ein kleines bisschen in sie verliebt gewesen und der Sex war okay. Irgendwann waren sie ein Paar. Und irgendwann eine Familie.

Es war so angenehm und bequem, mit ihr zusammen zu sein, auch wenn er sich darüber im Klaren war, dass er keine großen Gefühle für sie empfand.

Aber gab es das überhaupt?

Dass man jemanden von ganzen Herzen liebte, der diese Liebe genauso stark erwiderte? Das war doch wohl eher etwas für Film und Fernsehen. In der Wirklichkeit kam das jedenfalls äußerst selten vor, dessen war er sich sicher. So für ein Paar von tausend Beziehungen vielleicht. Aber ob die dann zusammenblieben und sich nicht schon nach einigen Jahren wieder trennten?

Wie auch immer, er schien zu den 999 anderen Paaren zu gehören. Und wenn schon?

Was sollte an seiner Beziehung so verkehrt sein? Sollte er sein Leben in Einsamkeit verbringen, nur weil ihm nicht der Sechser im Lotto vergönnt war?

Er war mit sich zufrieden und das war mehr, als viele andere Leute von sich sagen konnten.

Außerdem hatte er auch gar keine Zeit für Spinnereien. Schließlich sparte er gerade auf den neuen Flachbildfernseher im 2 Meter-Format. Fernsehen wie im Kino, das war doch etwas. Da wusste man wieder, wofür man arbeitete.

Trotzdem.

Dieser blöde Spruch ging ihm nicht aus dem Kopf. Er war dabei, ihm die Zugfahrt zu ruinieren. Heute Nachmittag würde er sich einen Eimer Farbe kaufen, zum Tunnel fahren und den Satz überstreichen.

Dann war wieder Ruhe.

Gestrandet

Drei Tage lang Messe Frankfurt, das hieß stehen, stehen und nochmals stehen. Eingesperrt in den Hallen, festgelegt auf pausenlose Verkaufsgespräche.

„Sie müssen ja nicht unbedingt mitkommen", hatte der Chef gesagt, als er angedeutet hatte, dass ihm solche Messen nicht gerade viel Spaß machen würden. „Herr Westermann ist auf jeden Fall da und der schmeißt den Laden zur Not auch allein."

So weit käme es noch. Der neue Kollege nutzte doch ohnehin jede Gelegenheit, um sich gegenüber dem Chef zu profilieren und ihn schlecht zu machen.

Jetzt, am Ende seines Messebesuchs, schob er die wiederaufkeimende Wut beiseite. Schließlich hatte er ganz gut verkauft, fast noch besser als dieser Herr Westermann, was der Chef anerkennend bemerkt hatte.

Daher hatte er ihn zum Abschluss zu einem Abendessen eingeladen, wenn auch zusammen mit seinem Kollegen. Es war recht spät geworden und dieser Zug hier war die letzte Möglichkeit, nach Hause zu kommen.

Allerdings stand er nun schon seit einer geschlagenen Stunde am Bahnhof und wartete.

„Verspätung" war an der Infotafel angeschlagen gewesen. Als er eine Weile später nochmals auf die

Tafel schaute, stand dort, dass der Zug komplett ausfallen würde.

Wo sollte er jetzt ein Zimmer herbekommen? Die Messe lief noch einen Tag und ganz Frankfurt war ausgebucht.

„Haste mal ´nen Euro?", sprach ihn eine junge Frau in Jeans-Kluft mit lila-pinken Haaren von der Seite an.

„Haste mal ´nen Bett?", fragte er aggressiv zurück, denn ihm war im Moment wirklich nach allem anderen zumute, als jemandem Geld zu spenden.

„Du siehst nicht gerade danach aus, als ob du dir kein Bett leisten könntest", erwiderte die Frau skeptisch und musterte ihn von oben bis unten. „Du bist so´n Messeheini, stimmt´s?"

„Und du siehst nicht so heruntergekommen aus, als ob du wirklich einen Euro brauchen würdest", konterte er.

Sie grinste.

„1:1"

Dann fiel ihr Blick auf die Infotafel.

„Letzten Zug verpasst, was?"

„Schlaumeierin", erwiderte er genervt.

„Wer wird denn seine zukünftige Gastgeberin so unfreundlich behandeln?"

Ein verschmitztes Lächeln tauchte in ihrem Gesicht auf, das er ihr gar nicht zugetraut hatte.

„Du bietest mir ein Zimmer an?"

Er war verblüfft.

„50 Euro die Nacht ohne Frühstück."

Gespannt wartete sie auf seine Reaktion.

„Nicht gerade billig für irgend so eine Absteige", meinte er.

„Nun werd mal nicht pampig, schließlich gibt´s in ganz Frankfurt heute kein Zimmer mehr", erwiderte sie scharf.

Er seufzte.

„Also gut", gab er sich geschlagen. „Und wo ist dieses Zimmer?"

„Nur zwei S-Bahn-Stationen von hier entfernt", sagte sie. „Und die fährt auch noch garantiert."

Sie grinste.

Resigniert willigte er in ihr Angebot ein.

Das „Zimmer", das sie ihm anbot, war genau so, wie er sich das vorgestellt hatte. Es war nämlich gar kein Zimmer, sondern eine Couch im Wohnzimmer ihrer kleinen Wohnung.

„Nimmst du oft fremde Menschen zum Übernachten in deine Wohnung mit?", fragte er.

„Natürlich, ich tue im Prinzip nichts anderes in meinem Leben." Der ironische Klang ihrer Stimme war nicht zu überhören. „Jedenfalls, wenn sie mir 50 Euro dafür zahlen", meinte sie und lachte.

„Du finanzierst dich, indem du andere Leute ausnutzt?", griff er sie an.

„*Du* tust nichts anderes", erwiderte sie. „Du drehst irgendwelchen Leuten deine Produkte an und ich vermiete eben einen Teil meiner Wohnung –

manchmal. Und erzähl mir ja nicht, dass du noch nie etwas zu überhöhten Preisen verkauft hast. - Ist eben alles eine Frage von Angebot und Nachfrage."

„Und was machst du sonst so, wenn du gerade mal nicht deine Wohnung vermietest?", fragte er.

„Ich jobbe, wenn ich Geld brauche und genieße mein Leben, wenn ich welches habe."

„Und für die übrige Zeit beziehst du Hartz IV und liegst dem Rest der Bevölkerung auf der Tasche", kommentierte er abfällig.

Sie tat einen Schritt auf ihn zu, so dass ihr Gesicht nur noch wenige Zentimeter von seinem entfernt war.

„Merk dir das: Ich habe noch nie jemandem auf der Tasche gelegen", zischte sie wütend. „Und ich glaube, wir beenden dieses Gespräch besser, bevor ich dich noch hinauswerfe."

Damit verschwand sie im Schlafzimmer und knallte unmissverständlich die Tür hinter sich zu.

Als er am nächsten Morgen nach einem langen und trotz Couch erstaunlicherweise erholsamen Schlaf aufwachte, war sie nicht mehr da. Stattdessen fand er einen Zettel auf dem Küchentisch.

„Falls du dem unnützen Teil der Bevölkerung einmal beim Genießen des Lebens zusehen willst, komm um 11 Uhr zum Platz vor dem Frankfurter Römer."

Es war 10 Uhr und da er heute bis auf seine Heimfahrt nichts Größeres mehr vorhatte, entschloss er sich, ihrer Aufforderung nachzukommen. Außerdem bereute er sein gestriges Verhalten. Denn auch wenn 50 Euro für eine Übernachtung auf einer Couch nicht gerade günstig waren, so hatte sie ihm doch spontan aus der Klemme geholfen. Wer wusste schon, wie lange er sonst auf der Suche nach einem Quartier durch Frankfurt geirrt wäre?

Auf dem Platz vor dem Römer drängte sich eine überschaubare Menschenmenge, hauptsächlich Mütter mit ihren Kindern. Als er näher kam, entdeckte er, dass die junge Frau von gestern in der Mitte des Platzes stand und mit verstellter Stimme eine Geschichte erzählte. Dazu bewegte sie mit jeder Hand eine Puppe. Die Sonne ließ ihr lila-pinkes Haar leuchten und sie war so vertieft in ihr Spiel, dass sie ihn nicht bemerkte. Sie schien völlig im Einklang mit sich und der Welt zu sein und um sie herum lachten die Kinder und klatschten vor Begeisterung ihre kleinen Hände aufeinander. Plötzlich erinnerte er sich an das Gefühl, das er als Kind immer empfunden hatte, wenn er mit seiner Mutter einem dieser Puppenspieler zugeschaut hatte.

Es war eine Art unbekümmerter Fröhlichkeit
gewesen, die er heute nur noch äußerst selten
spürte, wenn überhaupt.
Und auf einmal wusste er, dass sie mit ihrer Art zu
leben glücklicher war, als er es jemals sein würde.

Unterwegs

Ina war die Karl-Johannsgate schon zur Hälfte in Richtung Bahnhof hinuntergegangen, als Gitarrenklänge an ihr Ohr drangen. Ihre Augen wanderten die Fußgängerzone Oslos herunter, aber sie konnte auf den ersten Blick niemanden mit dem Saiteninstrument in den Händen entdecken.
„Weißt Du, woher die Musik kommt?", wandte sie sich an ihre Freundin Britta.
Sie zuckte nur mit den Schultern und wies mit dem Finger in Richtung Storting, dem norwegischen Parlamentsgebäude.
„Irgendwo daher", meinte sie.
Tatsächlich, vor dem Gebäude sah sie einen Mann, der gerade mit seiner Mütze Münzen sammelte, die Gitarre locker über seine Schulter gehängt.
„Sollen wir noch einen Moment zuhören?", fragte Ina.
„Klar, warum nicht, unser Zug fährt erst in 20 Minuten."
Ihr Zug – ja, es war das erste Mal seit vier Wochen, dass sie diesen Zug wirklich erwischen mussten. Wochenlang waren sie per Interrail quer durch Norwegen gefahren, hatten sich treiben lassen vom Wetter, der Landschaft, ihren spontanen Einfällen. Ina musste grinsen. Manchmal waren ihre Einfälle etwas zu spontan gewesen und sie hatten kein Quartier mehr für die Nacht bekommen. Dann

hatten sie einfach den nächsten passenden Zug in Richtung Norden genommen, ihre Schlafsäcke im Gang ausgerollt und im Zug geschlafen. Auf diese Weise hätten sie fast die Überquerung des Polarkreises verschlafen. Nur weil im Zug nachts nicht geheizt wurde und es auf einmal bitterkalt wurde, waren sie noch gerade rechtzeitig aufgewacht.

„All my bags are packed, I´m ready to go, I´m standing here, beside your door…"

Und auf dem Weg nach Bergen, irgendwo bei Odda, hatten sie unbedingt den Folgefonn-Gletscher sehen wollen. Sie hatten sich kurzer Hand ein Fahrrad „geliehen", das unabgeschlossen am Straßenrand stand, und waren zu zweit auf ihm losgefahren. Immer weiter durch ein Meer aus blühenden Obstbäumen, das jetzt, Anfang Juni, den Sørfjord zum Garten Norwegens machte. Nachdem sie ihre Tour beendet hatten, stellten sie das Fahrrad wieder ordnungsgemäß am Straßenrand ab.
Als sie später mit dem Bus zu ihrem Quartier zurückfuhren, sahen sie, wie ein alter Mann auf „ihrem" Fahrrad nach Hause fuhr. Sie winkten ihm zu und er winkte zurück. Sie mussten lachen. Nichtsahnend lachte der Mann zurück.

„So kiss me and smile for me, tell me that you´ll wait for me…"

Unvorstellbar, dass sie nach dieser letzten Zugfahrt zu Hause ankommen würden, dass es am nächsten Tag nicht weiter gehen würde zu neuen Landschaften, anderen Menschen und Orten. Wie würde sie das sanfte Ruckeln des Zugs vermissen, die Gleise, die Abenteuer und Aufbruch verhießen. Nein, sie wollte einfach noch nicht gehen, wollte dieses Land noch bis zur letzten Minute auskosten.

„Now the time has come to leave you, one more time, let me kiss you, then close your eyes, cause I´ll be on my way…"

„Ina!", schrie jemand neben ihr in ihr Ohr.
„Ina, wir müssen los! Unser Zug fährt in *fünf* Minuten und wir müssen noch die halbe Karl-Johannsgate hinunter!"
Nur langsam drangen die Worte ihrer Freundin zu ihr durch. Dann endlich begriff sie ihren Sinn. Mit einem Ruck riss sie sich vom Straßenmusikanten los und zu zweit rasten sie die Fußgängerzone hinunter. Verdammt, warum war die auch ausgerechnet jetzt so voll. Im Eiltempo ging es den Bahnsteig hinauf, keuchend unter der Last der schweren Rucksäcke, die sie während des ganzen Urlaubs noch niemals so schnell befördert hatten.

Ihr Zug stand schon auf dem Bahnsteig. Gerade noch rechtzeitig setzten sie ihre Füße auf das Trittbrett der Eingangstür und zogen sich in den Waggon. Hinter ihnen schloss sich die Tür und der Zug fuhr los.

Gerade noch geschafft.

Aber Ina war, als hätte sich hinter ihr gleichzeitig auch die Tür zu einer anderen Welt geschlossen, die sie auf unabsehbare Zeit nicht wiedersehen würde.

Zum ersten Mal hasste sie einen Zug, hasste ihn dafür, dass er sie weit weg von dem Land brachte, das sie so sehr zu lieben begonnen hatte.

Sie wandte ihren Kopf aus dem Fenster, um einen letzten Blick auf Norwegens Hauptstadt zu ergattern.

Verstohlen wischte sie sich eine Träne aus den Augen.

Es war der Beginn einer lebenslangen Sehnsucht, ihrer Sehnsucht nach dem Norden.

Klimawechsel

Knapp drei Stunden sollte die Fahrt von Dortmund Hauptbahnhof nach Hamburg dauern, wo Dagmars Freundin sie gegen 15 Uhr vom Bahnhof abholen wollte. Dagmar hatte sie schon lange nicht mehr gesehen und freute sich darauf, nun ein ganzes November-Wochenende mit ihr verbringen zu können.

Auch auf die Zugfahrt freute sie sich. Drei Stunden, in denen sie in aller Ruhe lesen konnte. Der Alltag mit Job, Kind und Hund war sonst bis auf die letzte Minute durchgeplant und sie musste aufpassen, dass sie ab und zu noch ein bisschen Zeit für sich freischaufeln konnte. Diese Fahrt war wieder eine Gelegenheit dazu.

Dagmar hatte sich einen Sitzplatz am Vierertisch im Großraumwagen reserviert. Dort hatte man genug Platz, auch etwas zu essen und zu trinken und seine Sachen vernünftig abzustellen. In den Zweiersitzreihen fühlte sie sich dagegen wie eingeklemmt zwischen Vorder-, Rücklehne und Sitznachbarn.

Die Sitznachbarn — das war natürlich immer das große Risiko bei einem Vierertisch. Wenn es ganz schlecht lief, saß einem so eine Quasselstrippe gegenüber, die gnadenlos jedes Anzeichen für Ruhebedürfnis übersah. Nervig war es aber auch schon, wenn man einen dieser hyperaktiven

Reisenden am Tisch hatte. Die Sorte von Menschen, die partout nicht für eine Sekunde still sitzen können. Ständig kramen sie in ihren Taschen herum, essen, trinken und stapeln immer mehr Sachen auf den Tisch, mit denen sie sich dann doch nicht wirklich beschäftigen. Dabei dachte sie noch nicht einmal an Mütter mit ihren Kindern, nein, die konnten ja nichts für die Unruhe, die zwangsläufig entsteht, wenn man mit Kindern unterwegs ist. Schlimm waren eher die einzelnen Erwachsenen, die aus ihrer Sicht eigentlich keinen Grund für ihre pausenlose Kramerei hatten.

Doch diesmal sollte alles gut gehen. Ihr gegenüber saß ein älteres Ehepaar, das sich anscheinend genau wie sie vorgenommen hatte, die Fahrt zum Lesen zu nutzen, und neben ihr hatte sich ein jüngerer Mann niedergelassen, der mit aufgezogenen Kopfhörern und geschlossenen Augen in eine andere Welt verschwunden war.

Nach ungefähr einer Stunde Fahrt dachte Dagmar zunächst, dass ihr Kreislauf durch die Sitzerei ein bisschen herunter gefahren war. Ihre Füße und Hände waren eiskalt und die Kälte kroch langsam in den übrigen Körper. Als sie jedoch sah, wie sich das ältere Ehepaar ihr gegenüber ebenfalls die Hände rieb, wurde ihr klar, dass etwas mit der Raumtemperatur nicht stimmen konnte.

Kurz darauf kam auch schon die Ansage aus dem Lautsprecher, dass die Heizung leider im

kompletten Zug ausgefallen war. Ein Stöhnen ging
durch die Reihen.

„Nicht schon wieder!", seufzte der junge Mann
neben ihr.

„Ist Ihnen das schon mal passiert?", fragte Dagmar.

„Das kann man wohl sagen", nickte er, „jeden
Winter mindestens zweimal."

„Dass die das aber auch nicht in den Griff
bekommen", meldete sich jetzt auch der ältere
Mann am Tisch zu Wort.

„Senk ju vor träveling wis Deutsche Bahn", zitierte
eine junge Frau aus einer benachbarten Zweierreihe
den Refrain eines Lieds der Gruppe Wise Guys, in
dem die Deutsche Bahn aufs Korn genommen wird.
Viele um sie herum kannten den Song und mussten
herzhaft lachen.

Allein das ältere Ehepaar konnte damit nichts
anfangen. Da nahm Dagmar ihr Smartphone aus der
Tasche, rief das Lied auf und drehte die Lautstärke
hoch. Im Nu stimmte ein Dutzend Leute fröhlich in
den Refrain ein. Und dann ertönte die passende
Strophe:

„Meine Damen und Herrn,
weil sie meistens keiner checkt,
sind bei uns ständig alle Heizungen defekt.
Ansonsten stehn für sie Klimaanlagen parat,
doch die funktionieren nur bis 32 Grad.
Wir ham' 'ne Theorie, doch es fehlt noch der

Beweis.

Im Winter wird es kalt und im Sommer wird es heiß.

Erleben Sie bei uns Kälteschock und Fieberwahn.

Senk ju for träveling wis Deutsche Bahn!"

Jetzt konnte sich auch das ältere Ehepaar das Lachen nicht mehr verkneifen.

„Darauf spendiere ich eine Runde heißen Tee aus dem Bordbistro für alle!", rief der Mann.

Kurze Zeit später hatten seine Mitreisenden das heiße Getränk in den Händen und jeder erzählte von den kleinen und großen Unglücken auf Fahrten mit der Deutschen Bahn.

Und wie von Zauberhand war plötzlich aus all den Menschen eine munter plaudernde Gruppe geworden. Die Zeit verging wie im Flug und ehe Dagmar es sich versah, war sie in Hamburg angelangt.

Erst als sie schon auf dem Bahnsteig stand, fiel ihr auf, dass sie keine Sekunde lang ihren Lesestoff vermisst hatte.

Mein Ruhrgebiet

20:12 Uhr, Schwerte Bahnhof, Zugeinfahrt der Ardey-Bahn. Genau 19 Minuten hatte die Fahrt von Dortmund in die kleine Nachbarstadt gedauert. 19 Minuten, in denen kaum etwas davon zu merken war, dass Dortmund endete und Schwerte begann. Mal abgesehen von den Ortsschildern.
Aber so ist diese Gegend hier. Wir leben zwar in unterschiedlichen Städten, aber eigentlich gehören wir alle doch zu einer einzigen großen Metropole, dem Ruhrgebiet. Hier sprechen gut 5 Millionen Einwohner einen ähnlichen Dialekt, haben das Herz auf der Zunge und knallen dem anderen gerne die eigene Meinung an den Kopf. Man weiß jedenfalls immer, woran man ist. Egal, in welche Stadt der Region man geht, man fühlt sich immer irgendwie zu Hause.
Ein schönes Gefühl.
Nun also Schwerte.
Ein wunderschöner Sommerabend und das Welttheater der Straße zu Gast in jener kleinen westfälischen Stadt, in der einmal im Jahr das Herz des Ruhrgebiets schlägt. Ich schlendere durch die Gassen der Altstadt und verschiedene Sprachen dringen in meine Ohren, auf den Straßen vermischen sich die unterschiedlichsten Hautfarben zu einem bunten Gemenge aus lachenden und plaudernden Menschen.

Ein belgischer Mezger versucht ein Stück Braten Winnie Pooh an den Mann und die Frau zu bringen. In seinem blutverschmierten Kittel schwingt er das Schlachtmesser - und säbelt dem armen Stofftier ein Stück Plüsch heraus.

Wenn ich nicht aufpasse, fliegen mir ein paar Meter weiter Jonglierbälle um die Ohren und ich mache mich auf den Weg zur Rohrmeisterei unten am Fluss.

Auf meinem Weg dorthin lausche ich Erich Kästners „Haus der Erinnerung". Auf den Bänken vor der kleinen Bühne herrscht drangvolle Enge und es bleibt nicht aus, dass aus den zufällig zusammengewürfelten Zuschauern eine Gruppe wird. Es wird gescherzt, man unterhält sich, hat das Gefühl sich zu kennen, denn man ist ja vom gleichen Schlag.

Viel zu schnell ist das Stück zu Ende und ich gelange endlich an mein Ziel: Das alte Industriegebäude, schon seit etlichen Jahren kultureller Veranstaltungsort. Ich lausche kurz Chris Kramers Version eines Songs von Van Morrison und tauche dann ein in die Lichtinstallation von tausenden von Kerzen, ein Labyrinth, das zu verschiedenen Schauspielern führt, die skurrile Szenen darstellen. Es ist schon Mitternacht und die Veranstaltung nahezu beendet. Trotzdem wünschte ich, diese Nacht würde niemals enden – auch wenn ich dann

nicht mehr mit dem Zug nach Hause kommen
würde und den Nachtbus nehmen müsste.
Und ich weiß wieder, warum ich dieses Stück
Deutschland so liebe.
Mein Ruhrgebiet.

Sein letzter Tag

So lange er denken konnte, hatten ihn Züge
fasziniert. Schon als kleiner Junge musste sein Vater
mit ihm zum Hauptbahnhof fahren, um auf den
Bahnsteigen diesen Kolossen aus Stahl beim Ein-
und Ausfahren zuschauen zu können. Selbst das
infernalische Quietschen der Bremsen konnte
seiner Faszination nichts anhaben.

Später schenkten ihm seine Eltern eine
Modelleisenbahn, die sofort zu seinem
Lieblingsspielzeug wurde. Stundenlang war er damit
beschäftigt, Züge im Kreis herumfahren zu lassen
und kleine Plastikfiguren an den Bahnhöfen
aufzustellen. Oder er tüftelte an der Elektrik seiner
Anlage herum und gestaltete die Modelllandschaft
neu. Als ihm sein Vater ein echtes, altes Kursbuch
schenkte, rechnete er die Kilometer zwischen den
Bahnhöfen in einem bestimmten Verhältnis in
Runden um, die seine Modellbahnen zu fahren
hatten, um von einer Station zur anderen zu
kommen. War seine Lok noch nicht an ihr Ziel
gelangt, war er für nichts und niemanden zu
erreichen. Sehr zum Leidwesen seiner Mutter, die
ihn in solchen Momenten nicht dazu bewegen
konnte, zum Mittagstisch zu kommen.

Was er später einmal werden wollte, stand schon
bald fest: Lokführer. Und das war er dann auch
geworden. Seit fast 50 Jahren nun saß er in diversen

Führerhäuschen, hatte Züge quer durch Deutschland gefahren. Oft in Nachtschicht oder übers Wochenende. Auf Kosten seiner Familie, die viel allein bleiben musste. Aber damit war nun ab Morgen Schluss. Er trat in den wohlverdienten Ruhestand und wollte sich ab sofort vor allem seiner Frau und seinen Enkelkindern widmen, wollte das nachholen, was er durch seinen Beruf all die Jahre lang hatte zurückstellen müssen: Er wollte Familienvater sein.

Schade nur, dass das bei seinen eigenen Kindern nicht mehr möglich war. Doch man konnte die Zeit nicht zurückdrehen.

Außerdem: Hätte er zugunsten seiner Familie auf seinen Job verzichtet? Wohl kaum. Er war Lokführer mit Leib und Seele und selbst jetzt noch fiel ihm der Gedanke schwer, nicht mehr im Führerstand zu sitzen. Aber er würde sich daran gewöhnen müssen. Heute war sein letzter Tag.

**

Er stand an der Böschung vor den Gleisen. In wenigen Minuten würde hier der nächste Zug vorbeidonnern. 500 Meter hinter einer lang gestreckten Kurve, die Bahn würde also erst kurz vorher zu sehen sein. Doch die Gleise würden durch ihr Schwingen den Zug ankündigen, sobald er den

Anfang der Biegung erreicht hatte. Er hatte schon oft hier gestanden, den Blick sehnsuchtsvoll auf die Schienen gerichtet, die ins Nichts zu führen schienen.

Seine Hände waren schweißnass, als er einen Schritt weiter auf sie zuging. Sein Herz war kalt und leer. Sein Leben lastete wie ein tonnenschweres Gewicht auf seinen Schultern und er sehnte sich so danach, es loszuwerden. Nichts mehr spüren zu müssen, nicht mehr leiden zu müssen, einfach für immer seine Ruhe zu finden.

Seit er denken konnte, war er niemals im Gleichgewicht gewesen. Auf kurze Phasen des Glücks waren immer lange Phasen des Leidens gefolgt, durch die er sich hindurch gekämpft hatte. Aber wozu? Die ganze Anstrengung erschien ihm im Nachhinein sinnlos, wie ein Rad, das immer wieder die gleichen Runden dreht.

Als er Lena kennengelernt hatte, hatte er für ein paar Monate gehofft, endlich sein Glück gefunden zu haben. Doch sie hatte die Beziehung vor ein paar Tagen beendet. Zu schwierig sei er, hatte sie gesagt. Und überhaupt, sie sei jetzt mit jemand anderem zusammen.

Irgendetwas in ihm war zerbrochen, vielleicht der letzte Rest an Hoffnung, irgendwann einmal ein halbwegs normales Leben führen zu können. Die Aussicht, dass es mit ihm immer so weiter gehen würde, dass er immer wieder zwischen kurzen

Hochs und langen Tiefs pendeln würde, war unerträglich. Und keiner konnte ihn dazu zwingen, sich diesem Martyrium weiter auszusetzen. Er war kein Tier, das sein Schicksal bis zum Schluss ertragen musste. Er hatte als Mensch die Möglichkeit, seinem Leiden ein Ende zu setzen. Und leise, wie aus weiter Ferne, hörte er die Gleise singen. Ihr Lied klang wie ein Lockruf in seinen Ohren.

Jetzt gleich.

Jetzt - oder nie.

**

Es hörte sich eigentlich nicht viel anders an, als im letzten Jahr, als ihm ein Rehbock plötzlich und unerwartet vor die Lok gesprungen war. Ein dumpfer Aufprall, ein kurzer Blick in zwei aufgerissene Augen und dann nichts mehr. So, als hätte man alles nur geträumt.

Er war immer stolz gewesen, dass ihm das noch nie passiert war. Und nun sah er in ein schreckverzerrtes Gesicht dicht vor seiner Windschutzscheibe, bevor der Körper zur Seite flog. Er hatte keine Chance, den Aufprall zu verhindern. Der junge Mann war aus der Böschung heraus direkt vor seinen Zug gesprungen. Wie mechanisch hatte er die Notbremse betätigt, obwohl er wusste, der Zug würde erst weit hinter der Unglücksstelle zum Stehen kommen. Der Rettungsarzt stellte nur noch den Tod fest.

Langsam stieg er aus und setzte sich auf die Gleise vor den Zug. Mit zittrigen Händen fischte er eine Zigarette aus der Packung, ihr vertrautes Glimmen beruhigte ihn etwas.

Warum ausgerechnet er – und warum ausgerechnet jetzt, an seinem letzten Arbeitstag?

Sicher, er hätte den Unfall nicht verhindern können. Und trotzdem war er schuld.

Es war *sein* Zug, der einen Menschen getötet hatte. Im wahrsten Sinne des Wortes nur wenige Meter von seinem Ruhestand entfernt, nur wenige Minuten von seinem Zielbahnhof getrennt, seinem allerletzten Bahnhof als Lokführer, auf den er unaufhaltsam zugesteuert hatte.

Sein Blick verlor sich für einen Moment im Grün der Böschung.

Zielbahnhof? Ja sicher, die Gleise führten seinen Zug dorthin.

Aber nun kam er ihm vor wie das Ziel eines Kamikazefluges.

Der Tod des jungen Mannes erschien ihm plötzlich als ein Vorbote dessen, was ihn erwartete.

Der Lokführer in ihm würde den nächsten Morgen nicht erleben.

Aus einer anderen Welt

Paul war auf dem Weg zur Geburtstagsfeier seiner Schwester in Hamburg. Sie wurde heute 85 Jahre alt und hatte jede Menge Gäste eingeladen, die meisten davon waren Verwandte. Viele stammten aus Nordfriesland, ein paar aus Hamburg, er war der einzige, der es hinunter bis zum Ruhrgebiet „geschafft" hatte.

Paul musste lächeln, dachte er daran, wie ihn vor ein paar Jahren einige Nordfriesen besucht hatten. Sie waren völlig erstaunt über das viele Grün gewesen, hatten wahrscheinlich gedacht, dass bei ihm immer noch die Briketts durch die Luft fliegen würden.

Er sah aus dem Fenster des Zugs. So lange Paul durch das Ruhrgebiet fuhr, schien eine Stadt in die andere überzugehen, dazwischen lagen nur ein paar Felder. Irgendwann wurde es dann ländlich, sie fuhren durch das Münsterland.

Seine Gedanken wanderten zurück zu der bevorstehenden Feier. Vielleicht würde es das letzte Mal sein, dass er seine Verwandten sah. Paul war immerhin schon 82 Jahre alt. In diesem Alter konnte es jeden Tag vorbei sein. Genau wie bei seiner Frau vor fünf Jahren. Eines Morgens war sie mit starken Kopfschmerzen aufgewacht und hatte kurz darauf das Bewusstsein verloren. Im

Krankenhaus hatte sie nur noch einen Tag lang gelebt. Hirnschlag.

Paul fuhr sich mit der Hand über die Augen, als ob er die Erinnerung daran so einfach wegwischen könnte. Dabei merkte er, wie müde er war. Er hatte schlecht geschlafen und war schon um 5 Uhr aufgestanden.

Jetzt schloss Paul für ein paar Sekunden die Augen und ehe er es sich versah, war er eingeschlafen. Es war ein unruhiger Schlaf, voller verstörender Bilder. Er führte ihn zurück in eine Zeit vor 30 Jahren, eine Zeit, die er schon längst vergessen zu haben geglaubt hatte.

Und da war sie wieder, mit ihren schulterlangen braunen Haaren und tiefblauen Augen, die ihm selbst in seiner Phantasie noch den Atem raubten.

„Entschuldigen Sie, wissen Sie, wie ich zur Stadt- und Landesbücherei komme?", hatte sie ihn gefragt. Schnell hatte Paul ihr den Weg erklärt. Sie lächelte.

„Danke."

Einen Moment lang sahen sie einander an, ohne dass einer ein Wort sagte. Und er spürte plötzlich, dass er sie nicht so einfach gehen lassen wollte. Sie war keine Schönheit, das nicht. Und Paul war glücklich verheiratet und wollte es auch bleiben. Aber trotzdem. Ihr Blick hatte ihn tief in seinem Innersten getroffen in einer Art, wie dies noch niemand je zuvor geschafft hatte.

„Wenn Sie Lust haben, können wir noch eine Tasse Kaffee zusammen trinken", hörte er sich sagen, während sein Finger auf das Café auf der gegenüberliegenden Straßenseite zeigte.

Für einen kurzen Moment sah er die Überraschung in ihrem Gesicht, dann lächelte sie wieder.

„Ja, gerne. Eine kleine Stärkung wäre nicht schlecht, bevor ich mich auf die Bücher stürze."

Sie war ein Bücherfan und auf der Suche nach einem ganz ausgefallenen Exemplar. In ihrer Heimatstadt Bochum hatte sie es nicht gefunden und erfahren, dass die Dortmunder Stadt- und Landesbibliothek es in ihrem Bestand hatte.

Paul las auch gerne Bücher und so waren sie schon bald in ein Gespräch vertieft, das sie die Zeit vergessen ließ. Es dauerte gar nicht lange, da erzählten sie sich aus ihrem Leben, so als wäre es das Wichtigste auf der Welt, dass sie einander bis ins letzte Detail kennenlernten. Paul erzählte ihr Dinge, die er bisher noch keinem anderen erzählt hatte, nicht einmal seiner Frau. Und sie schien ihn auf wundersame Weise zu verstehen. So wie er sie verstand.

Irgendwann sah sie auf ihre Uhr.

„Oh, die Bücherei schließt schon in einer halben Stunde. Ich muss jetzt wirklich gehen, sonst bin ich noch ganz umsonst hierher gefahren."

Sie reichte ihm zum Abschied die Hand.

„Ja", sagte er. „Ich hoffe, Sie schaffen es noch."

Als sie das Café verließen und auf der Straße in unterschiedliche Richtungen auseinander gingen, spürte er einen scharfen Schmerz in seiner Brust. Etwas schrie in ihm, dass er sie nicht gehen lassen durfte. Aber es war ihm gleichzeitig klar, dass er es musste, wollte er nicht ihrer beider Leben völlig auf den Kopf stellen.

Paul sah ihr nach und plötzlich drehte sie sich um.

Für den Bruchteil einer Sekunde lagen ihre Augen noch einmal in seinen, selbst auf die Entfernung hin, die schon zwischen ihnen lag.

Sie hob leicht die Hand zu einem letzten Gruß, den er erwiderte.

Als Paul sich endgültig von ihr abwendete, spürte er, dass ihm Tränen über das Gesicht liefen.

Nun also war sie wieder da.

„Schön, dich wiederzusehen", sagte sie.

Und nach einer kleinen Pause:

„Die ganzen Jahre über habe ich an dich gedacht, jeden Tag."

Paul schluckte.

„Ja", sagte er, „ich habe dich auch niemals vergessen."

Er spürte eine grenzenlose, noch nie da gewesene Freude, die sich von seinem tiefsten Inneren über seinen ganzen Körper ausbreitete und ihn vor Wonne erzittern ließ.

An diesem Tag würde er nicht mehr in Hamburg ankommen. Und auch nicht an irgendeinem anderen Tag.

In dem entgleisten Waggon, in dem er saß, gab es keine Überlebenden.

Verpasste Chance

7:32 Uhr, Dortmund Hauptbahnhof. Wie seit Urzeiten schon stieg er auch diesen Montag in die Vollmetallbahn ein, wie immer in der Mitte des Zugs, zweite Eingangstür. Aus Sicherheitsgründen. So würde er von Aufprallunfällen vorne und hinten am Zug kaum etwas mitbekommen.
Und wie immer setzte er sich auf einen der Viererplätze direkt rechts hinter der Tür. Gegenüber von ihm saß schon der notorische Zeitungsleser. Jeden Wochentag schaffte er es, vor ihm in diesem Bereich einen Platz zu besetzen. Er konnte sich beeilen, wie er wollte, dieser Mann war immer schneller als er. Selbst als er einmal so früh am Bahnsteig war, dass der Zug gerade erst einfuhr und er sich sofort zu seinem Platz aufmachte – der Zeitungsleser war schon da. Vielleicht stieg er ja, nur um ihn zu ärgern, ein paar Stationen eher ein und fuhr erst einmal bis zur Endhaltestelle Hauptbahnhof, um sicher zu sein, dann für die folgende Fahrt seinen Lieblingsplatz zu haben. Zuzutrauen war es ihm, denn wer las schon jeden Tag von Anfang bis zum Ende der Fahrt die Zeitung, ohne auch nur einmal die anderen Leute anzuschauen oder wenigstens aus dem Fenster zu sehen? Bei so einem war alles möglich.
Viel Zeit darüber nachzudenken blieb ihm allerdings

nicht, denn schon an der nächsten Haltestelle würde *sie* einsteigen.

Sie war etwa in seinem Alter, groß und schlank, mit kurzen dunkelblonden Haaren und strahlend blauen Augen, die von pechschwarzen Brauen umrandet wurden. Sie hatte immer ein Lächeln im Gesicht und wenn er sie sah, wusste er, dies konnte kein schlechter Tag werden. Meistens setzte sie sich auf einen der Viererplätze gegenüber. Aber wenn bei ihm noch etwas frei war, kam sie auch zu ihm. Deshalb legte er schon beim Einsteigen seine Tasche auf den Sitz neben ihm. Ein Trick, der oft funktionierte. Waren nicht ganz so viele Fahrgäste im Zug, waren die meisten Leute zu bequem, um ihn darum zu bitten, seine Tasche vom Sitz zu nehmen. Das tat er dann erst, kurz bevor sie in seine Nähe kam.

Jedes Mal nahm er sich fest vor, sie anzusprechen. Im Kopf spulte er die verschiedenen Möglichkeiten durch.

„Na, auch wieder im Zug?"

Nein, das war zu banal.

„Was halten Sie eigentlich von den dauernden Fahrpreiserhöhungen?"

Nee, er wollte doch keine Umfrage durchführen.

„Schönes Wetter heute, nicht?"

Na, das war wohl der Gipfel der Einfallslosigkeit. Und ehe er es sich versah, war sie schon wieder ausgestiegen.

Aber heute, heute würde er sie ansprechen. Das war sicher.

Unruhig reckte er den Kopf aus dem Fenster.

Haltestelle Westfallenhalle. Hier stieg sie immer ein. Aber so sehr er den Bahnsteig auch mit seinen Augen absuchte, er konnte sie nicht entdecken. Der Platz neben ihm blieb leer.

War sie krank? Oder vielleicht war sie in den Urlaub gefahren? Es war September und schönstes Herbstwetter, da bot sich doch ein kleiner Kurzurlaub an.

Enttäuscht lehnte er sich in seinen Sitz zurück. Gerade heute. Heute hätte er sie sicherlich angesprochen. Na, daraus würde jetzt nichts. Im Gegenteil. Er musste sich darauf einstellen, sie auch in den nächsten Tagen nicht zu sehen, wenn sie tatsächlich im Urlaub war.

Er verzog missmutig das Gesicht. Die Laune für heute war ihm jedenfalls gründlich verdorben. Mittlerweile hatte der Zug Dortmund verlassen und fuhr in den Bahnhof Herdecke ein. Endhaltestelle für sein Gegenüber. Wie jedes Mal ließ der Mann seine Zeitung achtlos auf dem Sitz zurück, denn er hatte sie bereits ausgelesen.

Normalerweise interessierte er sich nicht dafür, aber heute hatte er das Bedürfnis, sich abzulenken und auf andere Gedanken zu bringen.

Er griff nach den Blättern und überflog die Artikel, ohne wirklich etwas wahrzunehmen. Als er zu der

Rubrik mit den Todesanzeigen kam, stutzte er. In der Mitte der Seite befand sich eine Anzeige mit einem kleinen Schwarz-Weiß-Foto einer Frau.

Er betrachtete die Anzeige genauer. Das war doch *sie*.

Kein Zweifel.

Nun hatte er sie für immer verpasst.

Weichenstellung

Die S1 in Richtung Bochum fuhr pünktlich ab. Er hatte sich einen Fensterplatz ausgesucht, wie sonst auch. Doch heute konnte er nicht entspannt dem Vorbeirauschen der Landschaft zusehen. Zu unangenehm war das Ziel, dem die Bahn ihn unaufhaltsam näher brachte.
Er hatte sich entschlossen, heute endgültig Schluss mit ihr zu machen. Über 10 Jahre lang dauerte diese Beziehung bereits, pendelte er regelmäßig von Düsseldorf nach Bochum. Aber mittlerweile wusste er nicht mehr, warum er sich an jedem Wochenende und meistens noch einmal unter der Woche auf den Weg zu ihr machte. Die Schmetterlinge in seinem Bauch waren längst davon geflogen. Alltag war eingekehrt, Routine, ja in letzter Zeit oftmals sogar Langeweile. Mehr und mehr wurden seine Besuche zu einer reinen Pflichtveranstaltung, fiel es ihm immer schwerer, sich von zu Hause auf den Weg zu ihr zu machen. Trotzdem, es würde ihm sicher nicht leicht fallen, das Ganze zu beenden. Selbst das Aufgeben einer bloßen Gewohnheit kostet schließlich Kraft.
Er sah wieder aus dem Fenster, versuchte noch einmal, sich abzulenken. Aber so recht wollte es ihm auch jetzt nicht gelingen.

In Düsseldorf-Oberbilk stieg eine Frau mittleren Alters zu, die sich nach einem kurzen Blick durch den Waggon auf den freien Platz ihm gegenüber setzte.

„Entschuldigen Sie", sagte sie, „dieser Zug hält doch auch in Dortmund-Dorstfeld?"

Er nickte und nutzte die Gelegenheit zu einem Gespräch, um sich auf andere Gedanken zu bringen.

„Wenn ich Dortmund-Dorstfeld höre, muss ich immer an den Umweltskandal mit den vergifteten Grundstücken denken", sagte er.

Die Frau seufzte.

„Wem sagen Sie das", meinte sie, „mein Ex-Mann und ich sind auch Betroffene. Dabei hatten wir uns so sehr auf unser kleines Häuschen gefreut und jede Menge Arbeit hineingesteckt. Wir dachten, wir hätten etwas Wertvolles erbaut. Und dann der Schock. Bis heute würde ich kein Gemüse im Garten anpflanzen, aus lauter Angst, es könnte belastet sein. Obwohl der Boden ja nachträglich ausgekoffert wurde. Aber die Angst bleibt."

„Ja, das kann ich gut verstehen", nickte er.

„Wissen Sie, manchmal denke ich, das ganze Unglück fing mit dem Hauskauf an. Alles drehte sich nur noch um dieses Haus, alles rund herum wurde unwichtig. Wir verloren uns irgendwie aus den Augen und haben einfach blind so weiter gemacht, als wäre unsere Liebe unzerstörbar, als würde sie von selbst bestehen bleiben, ohne dass man etwas dafür tun muss. Wahrscheinlich ein Fehler, den ganz viele Paare machen. – Und dann hatte ich eines Morgens keine Lust mehr, so weiterzumachen und bin abgehauen."

„Von jetzt auf gleich?", fragte er erstaunt.

Sie lachte auf.

„Ja, tatsächlich, im Nachhinein kommt mir das auch unglaublich vor. - Und damit habe ich wahrscheinlich den zweiten großen Fehler in meinem Leben gemacht."

„Warum? Es ist doch nur konsequent, eine Beziehung zu beenden, wenn sie falsch läuft und kein Gefühl mehr da ist, für das es sich lohnt, sie aufrechtzuerhalten", meinte er.

Sie verzog spöttisch ihr Gesicht.

„Genauso habe ich damals auch gedacht und ohne groß nachzudenken 20 Jahre Beziehung weggeworfen. 20 Jahre, in denen wir die meiste Zeit über glücklich waren, Kinder bekommen haben – einfach so. Als könnte man in seinem Leben beliebig oft wieder von vorne anfangen. Als wäre eine ursprünglich glückliche Beziehung ein Geschenk, das man an jeder Ecke wieder finden könnte. – Ich war eine Idiotin. Ich hätte kämpfen müssen. Ich hätte wenigstens versuchen müssen, unsere Ehe zu retten. Vielleicht wäre ich erfolglos gewesen, kann sein. Aber dann wäre es immer noch früh genug gewesen, das Ganze zu beenden."

Ihre Bitterkeit machte ihn betroffen. Nachdenklich sah er aus dem Fenster.

Erst als die Frau schon ausgestiegen war, realisierte er, dass er viel zu weit gefahren war.

So ein Mist.

Samstagnachmittags fuhr die S-Bahn nur halbstündlich. Er würde also hoffnungslos zu spät zu seiner Verabredung kommen.

Er ging hinüber auf die andere Seite der Gleise und setzte sich auf einen dieser quietschorangenen Plastiksitze. Es war nicht viel los auf dem Bahnsteig, der Zug war ja auch erst vor kurzem gefahren und jeder, der die Abfahrtszeiten halbwegs kannte, stellte sich nicht knapp eine halbe Stunde vor der nächsten S-Bahn an die Station.

Nachdenklich betrachtete er die Gleise, die sich weiter hinten im Tunnel verloren, im dunklen Ungewissen. Von hier aus konnte man nicht erahnen, wo sie tatsächlich hinführten, das erfuhr man erst während der Fahrt. Es sei denn natürlich, man kannte die Strecke schon. Oder jemand anderes erzählte einem, wie es dort aussah.

Er musste an die Frau aus dem Zug denken.

Und plötzlich erschien ihm ihre Begegnung wie ein Wink des Schicksals, wie eine Warnung.

Sicher, in letzter Zeit war ihm oft bei seiner Freundin langweilig gewesen. Aber sie verstanden sich immer noch gut. Er erinnerte sich an die vielen glücklichen Momente, die sie schon zusammen erlebt hatten.

War es nicht letztendlich so, dass er die für ihn bequemere Lösung wählen wollte? Einmal Schluss machen und sich dann um nichts mehr kümmern müssen?

Aber auch der bequemere Weg würde seinen Preis haben, das wurde ihm schlagartig bewusst.

Es war der Verzicht auf das Glück, das für sie beide immer noch möglich war. Das Scheitern, das seine Narben mit der Erkenntnis hinterlassen würde, unfähig zu sein, eine Beziehung auf Dauer aufrecht zu erhalten.

Als die nächste S-Bahn einfuhr, hatte er einen Strauß Rosen in der Hand und ein Lächeln auf dem Gesicht.

Sämtliche Veröffentlichungen unter:
www.gudrunheller.wix.com/autorin